Brittany James

LE CAPTEUR DE RÊVES

D0869057

Données de catalogage avant publication (Canada)

Noël, Michel

    Le Capteur de rêves
    (Collection plus)
    Pour enfants de 9 et plus.
    ISBN 2-89428-603-1

    I. Titre.

PS8577.O356C36 2002   jC843'.54   C2002-941058-4
PS9577.O356C36 2002
PZ23.N63Ca 2002

L'éditeur a tenu à respecter les particularités linguistiques des auteurs qui viennent de toutes les régions de la francophonie. Cette variété constitue une grande richesse pour la collection.

Maquette de la couverture : **Marie-France Leroux**
Composition et mise en page : **Lucie Coulombe**

Les Éditions Hurtubise HMH bénéficient du soutien financier
des institutions suivantes pour leurs activités d'édition :

– Conseil des Arts du Canada ;
– Gouvernement du Canada par l'entremise du Programme d'aide au
  développement de l'industrie de l'édition (PADIÉ) ;
– Société de développement des entreprises culturelles au Québec
  (SODEC) ;
– Programme de crédit d'impôt pour l'édition de livres du
  gouvernement du Québec.

© Copyright 2002
Éditions Hurtubise HMH ltée
Téléphone : (514) 523-1523 • Télécopieur : (514) 523-9969
www.hurtubisehmh.com

Distribution en France
Librairie du Québec/DEQ
Téléphone : 01 43 54 49 02 • Télécopieur : 01 43 54 39 15

ISBN 2-89428-603-1

Dépôt légal/3e trimestre 2002
Bibliothèque nationale du Québec
Bibliothèque nationale du Canada

Imprimé au Canada

LE CAPTEUR DE RÊVES

Michel Noël

illustré par
Daniela Zekina

Collection Plus

Michel NOËL travaille à Québec, au Bureau des sous-ministres, Ministère de la Culture et des communications ; il est actuellement coordonnateur des Affaires autochtones. Mais Michel est un nomade de cœur. Tout jeune déjà, il suit sa famille d'un camp forestier à l'autre. « Nous habitions, dit-il, le même territoire que les Amérindiens et ma famille partageait avec eux de nombreuses activités sociales, religieuses et culturelles. Nos voisins étaient des Algonquins et nous avions des ancêtres communs. » Auteur d'une quarantaine d'ouvrages (contes, livres d'art, théâtre, livres de référence), Michel Noël est lauréat 1997 du prix du Gouverneur général du Canada, en littérature jeunesse. Il a écrit dans la collection Plus *La Montaison*.

Daniela ZEKINA a fait ses études en dessin et illustration à l'Académie des Beaux-Arts de Sofia, en Bulgarie. Pour les enfants de ce pays, elle a créé plus d'une dizaine de livres. Ses illustrations ont été sélectionnées à la Foire du livre de jeunesse, à Bologne, en Italie. Daniela a illustré, dans la collection Plus, *Le Roi gris*, *Manuel aux yeux d'or*, *La Montaison* et *Le Noël de Maïté*.

*Merci à Dominique Rankin,
à sa fille Sagabon et à sa
petite-fille Miskoumin.*

1

La toile
d'araignée

— **Nékokum... Néko-
kum...**
La voix inquiète chu-chote le nom de Nékokum dans la pénombre de la tente.

— Nékokum... Nékokum !

La voix s'affermit, insiste doucement.

— Nékokum, dors-tu ? Vois-tu la même chose que moi, là-haut ?

— (...) Oui ! Je vois la même chose que toi.

Un imposant silence remplit toute la tente. Puis, à mi-voix, comme si elle craignait de se faire entendre, Mendesh risque une autre question dans le clair-obscur :

— Sais-tu ce que c'est ? Moi je ne vois pas très bien.

— Je pense que c'est… une toile d'araignée.

— Hein ! Une toile d'araignée ? répète la vieille Mendesh, incrédule.

Elle se redresse d'un coup de rein dans ses fourrures d'ours et de castor, droite comme une jeune épinette, comme si une guêpe l'avait piquée sur une fesse !

— Tu en es certaine, Nékokum ?

— Oui. Pendant notre sommeil, cette araignée est sans doute entrée discrètement par la cheminée de notre tente et, sans faire de bruit, elle a tissé sa toile au plafond.

— Ah bon ! Ne bouge pas, je me charge tout de suite de cette intruse.

Mendesh empoigne vivement le manche de son long balai en branches de

cèdre qu'elle garde à la portée de la main. S'en servant comme d'une canne, elle se lève prestement, puis le brandit au bout de ses bras, l'air menaçant.

— Non! Non! Que fais-tu là? lui crie Nékokum, tout en émoi. Attends! Ne va pas trop vite. Tu vas la tuer!

8

— Voyons, Nékokum! Je nous débarrasse sur-le-champ de cette vermine. Dis-moi, que vont penser les gens du village s'ils voient une toile d'araignée dans la tente de deux sages-femmes? Quelle maman oserait à l'avenir entrer ici avec son bébé pour nous demander conseil ou pour se faire soigner?

Pendant que Mendesh parle, Nékokum, la doyenne des deux sages-femmes, en profite pour s'agenouiller sur son lit de rameaux de sapin. Elle se met péniblement debout. Ses vieux os lui font mal. Son dos est tout voûté par suite des nombreux accouchements qu'elle a faits au cours de

sa longue vie. Elle pose sa main rassurante sur l'épaule de sa sœur cadette.

— Tu sais, Mendesh, l'araignée est un tout petit animal inoffensif qui ne demande qu'à vivre en paix dans son coin.

— (…)

— Cette araignée pourrait même contribuer à garder notre tente encore plus propre qu'elle ne l'est en emprisonnant les moustiques indésirables dans ses filets. Elle nous rendrait ainsi service…

— Ah oui ?

— Oui, bien sûr. Tu sais, je l'ai aperçue en ouvrant les yeux aux premières lueurs du jour et je l'ai observée un moment. J'ai été fascinée par l'habileté de cette tisserande infatigable. Puis j'ai vu un tout petit rayon de soleil s'infiltrer par la cheminée et glisser le long du fil soyeux à la vitesse d'une étoile filante. C'était comme si ce rayon doré était entré dans mon cœur pour illuminer ma journée.

— Mmm...

— Si tu es d'accord, Mendesh, nous donnerons l'hospitalité à cette araignée.

Mendesh range son balai.

— Bon Nékokum, tu as probablement raison. C'est vrai qu'elle nous tiendra compagnie, pourvu qu'elle reste là-haut, dans la cheminée... Attendons encore... La nuit porte conseil.

2

Le cauchemar

Quelque temps plus tard...

— **Nékokum...**

La voix de Mendesh tremble au cœur de la nuit noire comme les ailes d'un corbeau.

— Nékokum ! Nékokum !

— Oui, Mendesh. Qu'y a-t-il ?

— Pardon de te déranger, Nékokum, mais je n'arrive plus à me rendormir. J'étais en train de somnoler lorsque je me suis réveillée en sursaut, oppressée, couverte de sueurs froides, la bouche sèche...

— Serais-tu malade, Mendesh? As-tu de la fièvre?

Nékokum s'empresse d'aller à son chevet. Elle pose sa main sur le front moite de sa sœur.

— Non! Non! Je ne suis pas malade mais angoissée. Touche! Mon cœur est

ballotté comme un copeau de bois dans un torrent. Dans mon demi-sommeil, j'ai cru entendre tous les nouveau-nés de la terre crier à tue-tête. J'ai ouvert les yeux très grand, mais je ne voyais absolument rien dans le noir opaque qui m'enveloppait. Je ne savais pas où je me trouvais. J'étais

complètement perdue, affolée. Je suis par-
venue de peine et de misère à me lever.
Chaque fois que j'arrivais à me mettre sur
pied, un coup de vent me soufflait comme
une feuille sèche d'automne. Je roulais par
terre… J'ai enfin réussi à marcher à tâtons,
sans savoir où aller. J'entendais le vent

froid et humide siffler. Je sentais des ailes et des courants d'air me frôler à toute vitesse. J'ai eu l'impression que j'étais prisonnière dans une caverne habitée par des milliers de chauves-souris. Je battais le noir avec mes mains pour me protéger. Tout à coup, j'ai perdu pied ! J'avais le cœur

dans la gorge. Je tombais, tombais, dans un trou sans fin et là, les enfants criaient de plus en plus, en écho. C'était assourdissant, comme lorsque des outardes apeurées s'envolent en pagaille d'un étang. Ouf! j'ai eu chaud.

— Détends-toi, Mendesh. Tous tes muscles sont tordus.

— Tu sais, hier les mamans me disaient que leurs enfants dorment mal la nuit. Ils sont agités dans les hamacs et les tikinagans.

— Tu te tracasses pour rien. Tu as fait un cauchemar, c'est tout. Ton imagination te joue des tours.

— Oui… peut-être…

— Tiens, fais comme moi.

Nékokum prend une profonde respiration, la bloque, puis expire lentement, longuement. Elle recommence suivie de Mendesh. Les deux femmes font ainsi plusieurs fois le plein des odeurs fraîches et tonifiantes du sapinage neuf sur lequel elles dorment, jusqu'à ce que l'esprit de Mendesh retrouve la tranquillité.

— Ah ! dit-elle enfin, ça me fait du bien. J'ai le don de m'épouvanter pour peu de chose.

— Bonne nuit, Mendesh.

— Bonne nuit, Nékokum.

3

Secrets et légendes

**Les Amérindiens Anish-
nabés ont un profond
respect pour Nékokum**
et Mendesh. D'abord à
cause de leur grand âge. Elles sont sans
contredit les doyennes de la communauté.
Personne ne saurait dire combien elles ont
vécu d'hivers jusqu'à présent. C'est comme
si elles avaient toujours été là pour veiller
sur la nation. Lorsqu'on dit «les grands-
mamans», tous savent qu'il s'agit de
Mendesh ·et Nékokum. L'immense savoir
qu'elles ont hérité des ancêtres et qu'elles

ont sans cesse perfectionné au cours de leur vie fait d'elles des aînées indispensables et respectées. Leurs tâches sont d'ailleurs multiples. Elles sont d'abord sages-femmes, c'est là leur titre le plus prestigieux. Elles accompagnent les femmes enceintes au cours de leur grossesse et les assistent quand elles accouchent.

Mais leur travail ne s'arrête pas là. Des Anishnabés viennent parfois de loin pour bénéficier de leur médecine. Sans relâche, discrètement, les deux grands-mamans enseignent, soignent, consolent, encouragent, donnent des conseils et, dans les grandes occasions, elles prennent la parole pour raconter les exploits des ancêtres Anishnabés.

Lorsqu'il fait beau, Nékokum et Mendesh en profitent pour emmener les enfants dans la forêt, tout près. Elles les initient aux propriétés des plantes médicinales et des herbes sacrées qu'elles connaissent bien.

— Sagabon, tu vois cet arbre tout vert aux longs rameaux dentelés ? C'est un cèdre. Une simple infusion de ses branches nous donne une boisson des plus tonifiantes !

La petite Sagabon et ses amis écoutent attentivement ce que Nékokum a à leur dire.

Pour capter leur attention, elle leur parle à voix basse, comme si elle leur faisait une confidence.

Mendesh aussi a des connaissances à partager avec les petits :

— Et voici un mélèze, le seul conifère qui perd ses aiguilles l'hiver. C'est avec sa

pulpe qu'on prépare les cataplasmes qui soulagent des brûlures.

— Et celui-ci? demande Miskoumin, en pointant une longue épinette noire.

— Ah! l'épinette noire! Sa résine fournit le meilleur antiseptique qui soit pour désinfecter les plaies…

Encouragées par l'intérêt des enfants, les deux femmes continuent leurs enseignements :

— Les saisons bien marquées se succèdent inlassablement dans l'immense territoire que nous, le peuple Anishnabé,

habitons depuis toujours. L'hiver, le prin-
temps, l'été, l'automne nous apportent des
activités incontournables de chasse à
l'orignal et aux oies sauvages, de pêche à la
truite grise et à la corégone, de cueillette
de chikoutés et de bleuets. Tandis que nos

hommes fabriquent d'ingénieux canots en écorce de bouleau pour naviguer sur les nombreuses rivières et des raquettes légères pour marcher sur la neige épaisse, nous les femmes, nous travaillons ensemble à fumer les viandes et les poissons, à confectionner des mocassins, des mitaines ou des manteaux en peau d'orignal ou de caribou.

Nékokum conclut, satisfaite :

— D'un soleil à l'autre, de migration en migration, de la naissance à la mort, tout s'inscrit dans l'esprit de notre peuple dans un perpétuel recommencement que nous appelons « le cercle de la vie ».

Les Anishnabés sont reconnus comme des gens qui ont le sens de la fête. Leurs réjouissances peuvent durer plusieurs jours et sont accompagnées de festins d'ours, d'orignal, de castor. Tous leurs voisins sont invités à partager cette nourriture avec eux et ils viennent en grand nombre.

Mendesh et Nékokum se transforment alors en conteuses. Le soir autour du feu, elles racontent la longue histoire des Anishnabés qui remonte à la nuit des temps. Elles expliquent la création de la terre et de tous les habitants par le Grand Créateur de toutes choses. Elles parlent

comme des savantes des origines du Soleil et de la Lune. Elles terminent toujours la soirée en demandant aux auditeurs de lever la tête vers la voûte céleste. Elles leur disent alors :

« Regardez toutes ces belles étoiles qui brillent dans le ciel. Elles sont aussi nombreuses que les brins d'herbe sur la terre. Ces étoiles, ce sont les feux de camp de nos ancêtres qui voyagent vers le Paradis de la chasse et de la pêche… Et voyez cette étoile filante qui tombe à l'horizon. C'est signe qu'il y a un enfant qui naît sur terre. Nous savons que chaque être humain porte en lui une parcelle de ses ancêtres et de la poussière d'étoile dans ses yeux. »

Tard dans la nuit, quand les enfants dorment, les parents dansent dans un grand cercle au son du tambour des aînés et de leurs chants sacrés. « *Miguetsh* ! » chantent-ils pour remercier la nature de sa générosité à leur égard. Merci !

4

La femme-
araignée

— Hé... Hé... Néko-
kum... Nékokum!...
Nékokum?

— Oui! oui! Mendesh,
qu'y... oh!

Au moment où Nékokum ouvre les
yeux, un mince rayon lumineux entre par
la cheminée, effleurant à peine le fragile
fil d'araignée qui semble relier le ciel et
la terre. Le plus surprenant, c'est que
l'araignée aux longues pattes mobiles,
noire comme de la suie de poêle, descend
lentement vers le sol.

Jamais l'araignée ne s'est aventurée si bas. La fileuse poursuit obstinément sa route de funambule. Jusqu'où ira-t-elle?

Fascinées, Nékokum et Mendesh se redressent lentement, le visage levé vers l'araignée. Celle-ci file à la hauteur de leurs yeux écarquillés. Elle leur passe sous le nez quand, soudain, le plein soleil foudroyant plonge de tous ses éclats dans la tente.

Sous le choc, le fil vibre comme la corde de l'arc d'un puissant chasseur qui décoche sa flèche. Frappée par l'éclair, l'araignée tombe en chute libre et tournoie dans le vide. Mais en touchant le sol, elle se transforme en une ravissante jeune femme toute

souriante. Sa longue robe blanche en peau de caribou est décorée de plumes et de coquillages. Elle est grande et souple comme un brin d'herbe. Ses yeux en forme de grains de riz sauvage étincellent comme deux étoiles polaires dans le firmament noir.

— C'est la femme-araignée! pensent du même coup les accoucheuses abasourdies.

Les vieilles femmes ont vu bien des choses étranges au cours de leur longue vie, mais là…

— Que se passe-t-il? se demandent-elles.

Pour s'assurer de ne pas rêver tout éveillées, elles pincent leurs joues ridées :

— Aïe!

Non, elles ne rêvent pas. D'autant plus que la jeune femme qu'elles voient devant elles possède huit bras gracieux, toujours en mouvement, et des mains souples s'activant sans cesse.

— C'est bien la femme-araignée!

5

Le capteur
de rêves

Mendesh et Nékokum tendent l'oreille. Elles entendent des sons lointains, réguliers, portés en sourdine par le vent, venant d'on ne sait trop où… Des profondeurs de la terre ? Du fin fond de l'air ? Elles croient un instant que ce sont de lourdes gouttes de pluie qui s'éclaboussent sur le toit en écorce de bouleau de la tente. Mais non, il fait beau !

— Ah !

Elles sourient enfin d'aise dans toutes les fibres de leur être. Elles ont compris. Ce

sont les doux battements du grand tambour rond du chaman. Il bat au rythme du cœur d'un nouveau-né.

« Boum ! Boum ! Boum ! »

À travers les sourdes pulsations, la femme-araignée parle d'une voix sereine :

— Je vous remercie de m'avoir hébergée dans votre foyer pendant tant de saisons. Vous avez été bonnes pour moi et je vous en serai éternellement reconnaissante.

Sans hésiter, elle prend une baguette de coudrier que les enfants ont ramenée de la forêt le jour même. Elle la plie en un beau cercle et, en un tournemain, elle y tisse sa toile.

L'élégante jeune femme s'accompagne dans son tissage d'un chant qu'elle murmure comme une prière. Les grands-mamans charmées se surprennent à la chanter tout bas dans leur cœur.

C'est la chanson *Miguetsh* ! Celle qu'elles ont chantée tant de fois avec les enfants

sous leur tente, les jours de pluie ou de froid intense. Elles chantonnent, elles aussi :

— *Miguetsh* ! *Miguetsh* ! Au soleil qui nous apporte les saisons et nous donne sa chaleur.

— *Miguetsh* ! *Miguetsh* ! Aux animaux qui nous donnent leur vie pour nous nourrir et nous vêtir.

— *Miguetsh*! *Miguetsh*! À la nature qui nous donne toutes les plantes dont nous avons besoin pour nous guérir de toutes les maladies.

Les chanteuses remercient l'air que nous respirons et qui donne la vie, l'eau qui purifie. Elles remercient aussi les oiseaux, les papillons, les feuilles des arbres, car

41

nous leur devons la musique, la danse, toutes les couleurs et toutes les beautés qui font notre bonheur sur terre.

« Boum ! Boum ! Boum ! »

Le tambour résonne toujours aux oreilles des deux vieilles femmes.

Les multiples mains agiles de l'artisane incorporent dans le tissage, au fur et à mesure que progresse son travail, des plumes de hibou et des coquillages. Pour bien indiquer les quatre grandes directions de l'univers et tous les peuples qui habitent la terre, elle fixe une perle jaune au sud, une noire à l'ouest, une blanche au nord et elle termine par une perle rouge vif à l'est, du côté où naît le soleil chaque matin.

« Boum ! Boum ! Boum ! »

Le cœur du tambour vibre, palpite aux quatre coins du monde.

— Nékokum, Mendesh, je vous confie pour l'éternité la garde de ce capteur de rêves.

— Oh ! un capteur de rêves ! s'exclament les deux femmes.

— Voyez, il est rond. Rond comme notre grand-père Soleil, notre grand-mère Lune, notre mère la Terre, le ventre fécond de nos mères qui portent la vie…

« Boum ! Boum ! Boum ! »

— Le capteur de rêves a d'immenses pouvoirs. Sa toile capte et emprisonne dans son réseau de fils les cauchemars qui errent comme des fantômes dans le cœur et l'esprit des enfants. Tous les beaux rêves, ceux que nous leur souhaitons de tout cœur, se logent dans les douces plumes de l'oiseau de nuit. À leur réveil, les enfants n'ont qu'à les caresser pour s'en imprégner toute la journée.

— *Kitchimiguetsh*, disent dans un seul souffle les accoucheuses, un capteur de rêves entre les mains.

La jeune femme-araignée disparaît tout aussi mystérieusement qu'elle est venue. Les vibrations du tambour s'envolent au loin, s'estompent comme les bruissements des ailes d'un grand oiseau qui passe.

Le silence est total dans la tente. La surprise passée, Mendesh et Nékokum sont

tout à coup enthousiasmées. Sans perdre un seul instant, sans même avoir à se consulter, elles sortent dans le soleil radieux. Elles savent très bien ce qu'elles ont à faire. Elles vont de tente en tente, réveillent les enfants et les réunissent autour d'elles au milieu du village.

— Que se passe-t-il, Nékokum ?
demandent les enfants, les yeux bouffis
de sommeil.

— Suivez-nous, vous verrez.

— Où allons-nous, si tôt le matin ?

Les grands-mamans conduisent les
garçons et les filles dans la forêt puis elles

les font asseoir en cercle. Mendesh et
Nékokum coupent de petites branches de
coudrier qu'elles distribuent à la ronde
avec des tresses de foin d'odeur. Puis elles
montrent aux enfants comment plier la tige
de bois et tisser une toile d'araignée dans
le cerceau.

Les enfants se prennent au jeu. Ils courbent la tige, tissent les brins d'herbe, décorent la toile de menus objets qu'ils trouvent autour d'eux. Ils sont ébahis.

— Où avez-vous appris à tisser de la sorte ? demandent-ils.

Prises au dépourvu, les deux sages-femmes se concertent des yeux, haussent les épaules et, dans un grand sourire complice, elles répondent d'une seule voix :

— Dans un rêve merveilleux que nous avons fait cette nuit !

6

L'origine de
la tradition

Les vieilles grands-mamans, habituées à partager tous leurs secrets et leurs découvertes avec les enfants, ne pouvaient certes pas garder bien longtemps pour elles seules un rêve aussi fabuleux.

Mais avant d'en faire part aux autres membres de la communauté, Nékokum, prudente comme de coutume, veut prendre le temps de réfléchir :

— Ma petite sœur Mendesh, commence-t-elle, il me semble que toi et moi avons été choisies par la femme-araignée pour être ses porte-parole.

— Sans doute…

— Et c'est un grand privilège. Mais savons-nous bien, au-delà des mots que nous avons entendus, ce qu'elle a vraiment voulu dire ?

— Il est vrai, Nékokum, qu'elle a eu tout le temps de nous observer de là-haut. Elle nous connaît bien.

La mémoire des conteuses est vive. Elles se rappellent sans difficulté toutes les paroles de la messagère. Au fur et à mesure qu'elles se racontent ce qu'elles ont vu et entendu, leurs yeux s'arrondissent et

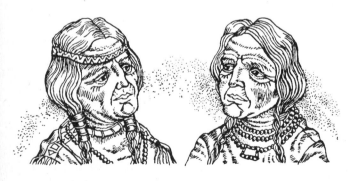

brillent comme des gouttes de rosée, le matin, au soleil. La lumière se fait dans leur esprit comme par magie. L'événement devient un récit plein de péripéties ! Nékokum et Mendesh, les mains largement ouvertes, tapent sur leurs cuisses : « Boum !

Boum ! Boum ! » Elles imitent les vibrations du tambour et les battements de cœur d'un enfant qui voit le jour. Elles sont heureuses. Une idée a germé dans leur esprit.

Nékokum et Mendesh profitent de la naissance du premier bébé pour organiser une fête qu'elles veulent mémorable. Le temps est venu de raconter l'histoire qu'elles conservent dans leur cœur. Elles savent aussi qu'elles ne sont pas éternelles et qu'un jour, elles ne seront plus là pour transmettre leur savoir.

Ce soir-là, la lune ronde et heureuse, les étoiles et la Voie lactée, dans le ciel profond et mystérieux d'automne, brillent de leurs innombrables feux et éclairent la terre.

Tous les Anishnabés sont assis par terre sur des nattes, formant un cercle autour d'un énorme brasier de bois sec qui jette des nuées d'étincelles haut dans les airs et qui rougit les pommettes saillantes.

Le nouveau-né qu'on accueille dans la vie est une fille. Elle s'appellera Ikweses, ce qui veut dire « jeune fille ».

Nékokum et Mendesh, debout dans la foule, racontent enfin leur récit, la voix pleine d'émotion. Elles se passent habilement la parole l'une à l'autre pour créer plus d'effet. Les Anishnabés écoutent religieusement, étonnés. Ils sont ravis par le récit et, à la fin, ils manifestent leur satisfaction en lançant des « Ho ! Ho ! Ho ! » et en hochant la tête. Mais la cérémonie ne fait que commencer.

Nékokum prend Ikweses dans ses bras tandis que Mendesh, comme une magicienne, sort de la manche de sa robe une paire de mocassins qu'elle enfile à la petite. Ils sont beaux, soyeux, pas plus gros que deux gros bourdons, faits de peau d'orignal fumée. Ils sont dorés comme un rayon de soleil, décorés de franges aux chevilles et brodés, à l'empeigne, de pétales de chikouté en piquants de porc-épic.

Une fois Ikweses bien chaussée, Nékokum annonce :

— L'Anishnabé portera dorénavant ces beaux mocassins dès sa naissance, en hommage à la Terre-Mère qu'il foulera toute sa vie avec respect et amour, car c'est elle qui le nourrit.

Ho ! Ho ! Ho !

Les sages-femmes n'ont pas terminé leur travail. Elles ont préparé une autre surprise. Mendesh tire de sa seconde manche un petit capteur de rêves tout rond, en bois de coudrier, tissé d'une toile d'araignée parfaite, décoré aux quatre coins de perles de couleur et sur le pourtour de plumes de hibou. Elle le suspend à la

têtière du tikinagan puis Nékokum prend
de nouveau la parole :

— Dorénavant, tout Anishnabé qui
naîtra recevra un capteur de rêves pour
qu'il se souvienne qu'il porte en lui des
éclats de soleil, des reflets de lune et

d'étoiles, des brins de vent et des gouttes d'eau et pour qu'il sache que son cœur bat au rythme de l'univers, haut et fort comme le tambour sacré de notre nation. Grâce à ce capteur de rêves qui nous a été donné par la femme-araignée, cette enfant et tous ceux qui viendront ne feront que de beaux rêves.

« Boum ! Boum ! Boum ! » Le chaman bat son tambour et ses pulsions se répandent aux quatre coins de l'immense territoire des Anishnabés.

Depuis ce jour très ancien, grâce à la sagesse légendaire des grands-mamans Nékokum et Mendesh, la tradition d'offrir aux nouveau-nés des mocassins neufs et un capteur de rêves s'est enracinée profondément. La coutume veut que l'enfant les garde précieusement avec lui en guise de porte-bonheur qu'il offrira plus tard à ses propres enfants.

Ho ! Ho ! Ho !

Table des matières

LE PLUS DE

Plus

Réalisation :
Sylvie Roberge Blanchet

Une idée de
Jean-Bernard Jobin
et Alfred Ouellet

Avant la lecture

Pour mieux comprendre

Voici un petit lexique qui t'aidera à mieux comprendre le texte que tu vas lire.

Chaman : Personne habituellement âgée possédant des pouvoirs spirituels.

Chikouté : Aussi appelé « plaquebière », ce petit fruit des régions nordiques est utilisé dans la fabrication de confitures et de desserts. En innu, ce nom signifie « feu ».

Corégone : Poisson des lacs faisant partie de la famille des salmonidés (truite, saumon).

Coudrier : Arbrisseau apparenté au noisetier.

Empeigne : Dessus d'une chaussure.

Kitchimiguetsh : « Merci beaucoup » ou « Un grand merci ».

Miguetsh : « Merci ».

Mocassin : Mot algonquin qui désigne des chaussures basses et sans talon fabriquées en cuir souple.

Savane : Terrain marécageux.

Têtière : Partie supérieure du tikinagan servant à protéger la tête du bébé.

Tikinagan : Porte-bébé traditionnel utilisé par les peuples nomades et servant à la fois de lit et de poussette.

Les peuples d'autrefois

Les personnes qui vivent sur un territoire habité par leurs ancêtres depuis des milliers d'années font partie des **peuples autochtones**.

Les premiers explorateurs venus d'Europe ont appelé **Indiens** les habitants des Amériques parce qu'ils croyaient avoir trouvé un passage vers les Indes. Au XXe siècle, ce nom a été remplacé par **Amérindiens**.

Le mot amérindien **Anishnabé** signifie : « la race humaine ». C'est ainsi que se désignent les **Algonquins**. Ceux-ci appartiennent à la grande famille algonquienne qui comprend aussi : les Abénaquis, les Atikamekw, les Cris, les Innus, les Malécites, les Micmacs et les Naskapis.

Au fil de la lecture

Des mots-images

Voici quelques-unes des comparaisons utilisées par l'auteur pour faire naître des images dans ta tête. À quel(s) personnage(s) peux-tu les associer ?

1. Mendesh
2. Les yeux de Nékokum et Mendesh
3. L'araignée
4. Les yeux de la femme-araignée
5. Les cris des enfants

a) … comme de la suie de poêle
b) … comme une volée d'outardes apeurées
c) … comme des gouttes de rosée
d) … comme une magicienne
e) … comme deux étoiles polaires dans le firmament noir

La vie chez les Anishnabés

Dans cette histoire, les personnages vivent en parfaite harmonie avec la nature. Complète les phrases suivantes en faisant le choix approprié :

1. Nékokum et Mendesh dorment dans un lit fabriqué avec :
   a) des plumes d'oie
   b) des rameaux de sapin
   c) du foin d'odeur

2. Les couvertures dans lesquelles les deux sages-femmes s'enveloppent sont en :
   a) peau de phoque
   b) laine d'agneau
   c) fourrure d'ours et de castor

3. Le balai de Mendesh est fait :
   a) de racines d'épinette
   b) de branches de cèdre
   c) de mousse de sphaigne

4. Le toit de la tente est fabriqué avec :
   a) de l'écorce de bouleau
   b) des branches de sapin
   c) du cuir d'orignal

Guérir par les plantes

Mendesh et Nékokum sont de grandes guéris-seuses. À l'aide des mots au bas de la page, complète les phrases suivantes.

1. C'est dans la nature que Nékokum et Mendesh trouvent les […] dont elles ont besoin pour soigner les maladies.

2. Les deux grands-mamans initient les enfants aux propriétés des […] sacrées.

3. L'infusion de branches de […] donne une boisson des plus tonifiante.

4. Avec la pulpe de mélèze, on prépare des cataplasmes qui soulagent les […].

5. La résine de l'épinette noire fournit le meilleur […] qui soit pour désinfecter les plaies.

a. onguent
b. maux de ventre
c. cèdre
d. brûlures
e. sapin
f. antiseptique
g. plantes
h. herbes

Traditions amérindiennes

Vrai ou faux ?

1. Les hommes fument les viandes et les poissons.

2. Tout s'inscrit dans un perpétuel recommencement appelé « le cercle de la vie ».

3. Quand une étoile filante tombe à l'horizon, c'est signe qu'un enfant naît sur terre.

4. On fixe dans la toile du capteur de rêves une perle blanche au nord, une noire au sud, une jaune à l'est et une rouge à l'ouest.

5. On offre au nouveau-né une paire de mocassins pour rendre hommage à la Terre-Mère.

Après la lecture

Une araignée sur le plancher...

L'araignée fait partie d'une classe d'animaux appelée les arachnides. Ce nom vient du mot grec *arakhné*. Dans la mythologie grecque, Arachné était une jeune fille mortelle qui fabriquait de magnifiques tapisseries. Athéna, la déesse de la guerre et de la sagesse, était aussi réputée pour ses dons de tisserande. Un jour, elle voulut mesurer son talent à celui d'Arachné. Cette dernière se moqua des dieux en brodant leurs amours infidèles. Furieuse, Athéna transforma sa rivale en araignée, la condamnant à filer et à tisser sa toile pour l'éternité. Depuis, son aspect repoussant nous rappelle qu'il est risqué de se mesurer aux dieux.

Identifie chacune des parties du corps de l'araignée.

a. Chélicères
b. Yeux
c. Céphalothorax
d. Filières

e. Pattes
f. Abdomen
g. Pédipalpes

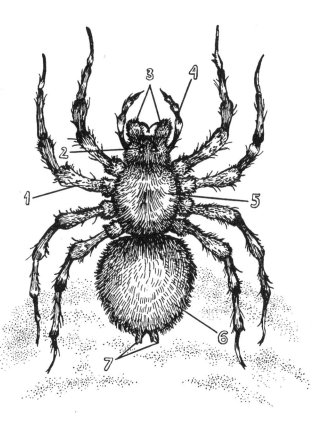

Fabrique ton capteur de rêves

Il te faut :

- une branche d'arbre fraîchement coupée (noisetier, saule, tremble)
- un bout de corde de 15 cm
- du fil
- du fil de couture extra-fort
- des éléments de décoration : perles, plumes, rubans
- des ciseaux

1. Plie la branche de manière à former un cerceau d'environ 10 cm de diamètre. Attache-le fermement avec la corde.

2. Tu peux maintenant tisser la toile. Enroule la ficelle autour du cerceau et attache-la au fur et à mesure avec un nœud comme celui illustré ci-contre :

3. Effectue dans l'ordre les figures suivantes : (a) un losange, (b) un carré, (c) un X, (d) une croix. Tu finiras par obtenir une figure semblable à celle-ci :

72

Note : Tu peux enfiler des perles sur la ficelle au fur et à mesure que tu construis ton motif. Tu dois cependant les placer entre deux nœuds afin qu'elles demeurent en place.

4. Enfile les rubans à la base du cerceau de la manière indiquée :

5. Attache les plumes aux rubans et au cerceau en te servant de la ficelle :

6. Fabrique une boucle avec la ficelle et attache-la en haut du capteur de rêves afin de pouvoir le suspendre près de ton lit.

Et maintenant, fais de beaux rêves !

Crêpes de riz sauvage garnies de petits fruits

Le riz sauvage est une plante aquatique que les Anishnabés cueillent depuis fort longtemps. Pour réussir cette délicieuse recette de crêpes, il te faut :

- 1/4 de tasse de riz sauvage
- 1 1/2 tasse d'eau
- 2 œufs
- 2 tasses de babeurre
- 2 tasses de farine tamisée
- 2 c. à table de bicarbonate de soude
- 2 c. à table de levure chimique
- 2 c. à table de beurre fondu
- de la confiture de petits fruits (fraises, framboises, bleuets, chikoutés)

1. Amène l'eau à ébullition.
2. Verse le riz en brassant et réduis le feu.
3. Laisse frémir à couvert pendant 40 minutes (la cuisson du riz sauvage est plus longue que celle du riz domestique).
4. Bats les œufs en mousse et ajoute le babeurre.
5. Mélange ensemble la farine, le bicarbonate de soude et la levure chimique. Incorpore le tout graduellement au liquide pour obtenir une belle pâte lisse.
6. Ajoute le riz cuit et le beurre fondu.

7. Laisse tomber environ 1/4 de tasse du mélange sur une plaque chaude beurrée. Sers-toi d'une spatule de métal pour amincir la crêpe et lui donner une belle forme arrondie.

8. Retourne la crêpe une fois pour terminer la cuisson.

9. Badigeonne chaque crêpe avec de la confiture.

10. Place les crêpes au four, à chaleur minimum, jusqu'au moment de les servir.

Mino wisinen !... Bon appétit !

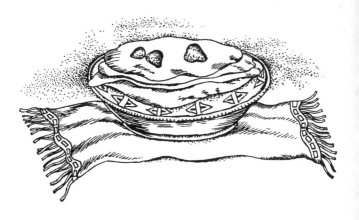

Des noms pleins de sens…

Dans la légende que tu viens de lire :

Ikweses signifie « jeune fille ».
Mendesh est un nom très ancien qui se traduit par « celle qui nous rend visite ».
Miskoumin veut dire « framboise ». C'est un nom généralement attribué à une fille.
Nékokum se traduit par « grand-maman ».
Sagabon est aussi un nom généralement attribué à une fille. Il signifie « petit castor ».

Et toi, connais-tu l'origine et la signification de ton prénom ?

Peut-être a-t-il déjà été porté par une déesse ou un preux chevalier ? Par exemple : Sarah vient de l'hébreu et signifie « reine » tandis que Sébastien vient du grec *sebastos* qui veut dire « glorieux ».

Il existe des livres dans lesquels tu trouveras toutes sortes d'informations sur les prénoms. À toi de les découvrir !

Solutions

Au fil de la lecture

Des mots-images
1. d ; 2. c ; 3. a ; 4. e ; 5. b.

La vie chez les Anishnabés
1. b ; 2. c ; 3. b ; 4. a.

Guérir par les plantes
1. g ; 2. h ; 3. c ; 4. d ; 5. f.

Traditions amérindiennes
1. F ; 2. V ; 3. V ; 4. F ; 5. V.

Après la lecture

Une araignée sur le plancher…
1. e ; 2. b ; 3. a ; 4. g ; 5.c ; 6. f ; 7. d.

Dans la même collection

- **Niveau facile**
- **Niveau intermédiaire**

* Texte également enregistré sur cassette.